Im Land der goldenen Zitronen

Ein Märchenroman für Jung und Alt

von

Evelyn Ruhnke

Idee / Gestaltung:	© Copyright by Evelyn Ruhnke
Texte / Lektorat:	© Copyright by Evelyn Ruhnke
Umschlag / Illustrationen:	© Copyright by Evelyn Ruhnke
Verlagsimprint:	mayersche.bookmundo.de
1. Auflage 2016	

ISBN 9789463186384

Bibliografische Information der Deutschen Nationalbibliothek

Die Deutsche Nationalbibliothek verzeichnet diese Publikation in der Deutschen Nationalbibliografie; detaillierte bibliografische Daten sind im Internet über http://dnb.d-nb.de abrufbar.

Über die Autorin:

Evelyn Ruhnke wurde 1953 im Zeichen der Waage in Hannover geboren. Zum Malen kam Evelyn Ruhnke durch das Schreiben – wortwörtlich. Als Schülerin im Alter von 12 Jahren erhielt sie vom Land Nordrhein-Westfalen eine professionelle Mal- und Zeichenausstattung für den besten Aufsatz der Schule. Von da an war der Weg klar. Nicht lange überlegt, stürzte sie sich auf Farben und Leinwände und legte einfach aus dem Bauch heraus los.

2003 wurde sie von Marianne Kühn entdeckt und gefördert. Marianne Kühn war die Witwe des ehemaligen Ministerpräsidenten von Nordrhein-Westfalen und hatte in Köln eine Galerie für naive Kunst, in der sie Künstlern einen Raum für deren Werke gab, sie beriet und förderte. Durch vielfältige Reisen, die Evelyn Ruhnke unter anderem nach Asien und Australien führen, wird sie immer wieder angeregt und neu inspiriert.

Heute ist sie Künstlerin und Illustratorin und lebt in Baden-Baden. Doch auch das Schreiben hat sie nie losgelassen. Ihr großer Traum war immer, einmal selber eine Geschichte zu schreiben. Fantasie war genug vorhanden und so entstand der Märchenroman
"Im Land der goldenen Zitronen". Seit einigen Jahren schreibt sie in unregelmäßigen Abständen Kurzgeschichten.

Inhaltsverzeichnis

Johann vom Apfelfelde und der Rabe Kolko

Bei der Vorstellung von Rühreier mit Milchbrot krampfte sich Kolkos Magen schmerzhaft zusammen und der letzte Speichel in ihm versammelte sich in seinem Schnabel und rieselte nun lautlos auf den Boden. Schnell schlug er seine Flügel auseinander und flatterte durch das weit geöffnete Fenster des Apfelhauses seines Herrn.

Das hübsche Holzhaus hatte Johann vom Apfelfelde selbst gestaltet und war geformt wie ein großer Riesenapfel. Von weitem leuchtete das hübsche Haus in feurigem Rot. Die Dorfbewohner waren jedes Mal vom Anblick entzückt und verzaubert. Vor der Tür prangte ein großes rotes apfelförmiges Schild mit der Aufschrift:

Johann vom Apfelfelde

Johann wälzte sich noch müde laut gähnend aus seinem Bett, als Kolko auf seine Schulter flog und zur Begrüßung zärtlich an seinem Ohr knabberte. „Ich habe heute Morgen einen Mordshunger auf Rühreier mit Milchbrot“, flötete Kolko und rollte mit seinen schwarzen Knopfaugen.

Johann liebte seinen sprechenden Raben heiß und innig und erfüllte ihm alle Wünsche. Kolko hatte ihn schon aus allerlei misslichen Lagen herausgeholfen, außerdem war er sehr schlau und oftmals sein einziger Gesprächspartner.

Johann füllte ein Schüsselchen mit Milch, löste etwas Zucker darin auf und bröckelte altes, hartes Brot hinein. Der Rabe verputzte gierig die Mahlzeit mit einem feuchten Schlürfen. Er wandte sich schmatzend an Johann und sagte mit vollem Schnabel: „Ich werde noch ein kleines Morgenbad im

Teich nehmen“ und flog dabei laut tschilpend aus dem Fenster.

„He, komm sofort zurück, wir müssen heute noch einiges erledigen und für den Winter Vorsorge tragen“, rief Johann ihm ungehalten hinterher.

Johann vom Apfelfelde trat aus seinem Apfelhaus und wurde für sein frühes Aufstehen mit einem strahlend blauen Himmel und Sonnenschein belohnt, denn es war Sonntag, der einzige Tag in der Woche, an dem er wirklich ausschlafen konnte. Sein Blick wanderte über seine riesigen herrlichen Apfelplantagen, die so groß waren wie fünf Fußballfelder. Die Äpfel an den Bäumen waren so mächtig wie Melonen, so saftig wie Pampelmusen und so herrlich rot wie Erdbeeren. Er war der berühmteste und beste Apfelbauer im ganzen Land und darauf war er besonders stolz.

Schnell wie ein Pfeil und pitschnass vom Morgenbad kam Kolko auf Johann zugeflogen und setzte sich auf seine Schulter. „Zum Kuckuck aber auch“, zischte der Rabe, was machst du denn heute für einen Stress, es ist doch Sonntag und wir müssen nicht auf den Markt gehen, um unsere Ware zu verkaufen“. Johann schaute seinen Raben gutmütig an und erwiderte: „Ja, ja, du hast Recht, aber trotzdem müssen wir für morgen noch einige Äpfel ernten“, dabei zog er spaßhaft Kolko am Schwanz, um die Stimmung ein wenig aufzuheitern und griff nach einem der schon prall gefüllten Apfelkörbe.

Johann vom Apfelfelde war ein gütiger freundlicher junger Mann und bei allen Leuten im Dorf sehr beliebt. Er hatte orangerote Haare, die schon von Weitem leuchteten und einen kleinen rötlichen Oberlippenbart. Seine Augen waren so grün wie Smaragde. Wenn er lachte, tanzten hunderte von Sommersprossen auf seinem runden Apfelgesicht. Er war von kräftiger, muskulöser Statur und seine Hände waren groß wie Schaufeln.

Von Montag bis Samstag war er mit der Apfelernte auf seiner riesigen Apfelplantage und der Herstellung verschiedenster Apfelspezialitäten beschäftigt.

Mehrmals in der Woche verkaufte er im Dorf an seinem eigenen Marktstand Äpfel, Apfelsäfte, Apfelmarmelade, Apfelmus und Apfelschnäpse. Seine neuesten Kreationen waren hübsche Ketten und Armbänder aus Apfelkernen, die reißenden Absatz unter den Dorfbewohnern fanden, besonders unter der weiblichen Kundschaft. Aus dem umliegenden Land kamen die Menschen, um seine ausgezeichnete Ware zu kaufen. Er war nicht reich, aber auch nicht arm und hatte wenig Ansprüche. Das einzige wovon er träumte war, eine hübsche und liebe Frau zu finden, mit der er eine glückliche Familie gründen konnte.

Der Fremde

Eines Tages trat ein seltsam aussehender Mann an seinen Marktstand heran. Er hatte kohlschwarze Augen die unter buschigen Brauen hervorblitzten, einen langen Bart, der unter der gebogenen Nase herabhing, was ihm ein wildes, kühnes Aussehen gab. Er trug einen kaftanähnlichen Umhang, der reich mit goldenen Bordüren bestickt war. Seine Füße steckten in Bastsandalen die mit Bändern an den Beinen befestigt waren. Auf dem Kopf prangte tief ins Gesicht gedrückt ein Turban mit einer goldenen Zitrone als Zipfel. Johanns Blick wanderte zu seiner Hüfte, an der lässig ein riesiger Säbel hing. Er hatte eine fast kriegerische Aura und Johann durchflutete ein eisiger Schauer.

Der Fremde neigte sich geheimnisvoll zu Johann und verkündete: „Ich sehe, dass du etwas von deinem Handwerk verstehst, du musst Johann vom

Apfelfelde sein und das ist sicher dein überschlauer sprechender Rabe!“

Ein leichter roter Schimmer überzog Johanns Wangen, so dass seine vielen Sommersprossen wie leuchtend kleine Glühwürmchen in seinem Gesicht tanzten. „Ja, das stimmt“, fiel Johann stolz dem Fremden ins Wort. „Er ist der klügste und einzige sprechende Rabe im ganzen Land.“

Plötzlich streckte der Fremde ihm hoheitsvoll eine Pergamentrolle entgegen, die mit einem goldenen Band zugeschnürt war. „Ich bin Joshua, ein Diener vom Zitronenkönig Zarif. Mit diesem Schreiben bekommst du nun die Befehle meines Herrn. Es ist von größter Wichtigkeit, dass du diese Anordnungen genau befolgst“, sagte der Fremde mit erhobener Stimme.

Verdutzt nahm Johann die Rolle entgegen. Seine Augen wurden groß wie Murmeln. „Wow!“, sagte er und fuhr mit dem Finger über kunstvoll in goldener Farbe aufgemalte Äpfel und Zitronen. Darunter verliefen mit goldenen Lettern geschriebene Worte. Sie füllten die gesamte Länge und Breite des Schriftstücks. Johann wandte sich zu Kolko um, der ihn lächelnd beobachtete. „Nun lies schon vor Kolko, du weißt ja, ich kann nicht so gut lesen wie du“, sagte Johann ungeduldig.

Kolko neigte seinen Kopf tief auf das Schriftstück und begann, dem äußerst gespannt lauschenden Johann den niedergeschriebenen Text vorzulesen:

Die Gabe hat nur der sprechende Rabe
zu finden 10 goldene Zitronen fein,
diese sollen des Königs Eigentum sein.
nehme morgen 10 Äpfel deiner Besten,
gehe durch einen roten Riesenwald
zuerst nach Westen,
dort haust ein alter Zwerg,
erklimme mit ihm einen hohen Berg
in einem Nest ein böser Geier thront,
den zu überlisten es sich lohnt,
danach überquere einen tiefen breiten Bach,
dann hast du es fast geschafft,
nun musst du immer nur nach Süden gehen,
dann wirst du das Zitronenschloss schon sehen,
willst du diese Reise beginnen?
es wird dir schon gelingen,
nimm die Aufgaben in Kauf
sonst nimmt das Unheil seinen Lauf.

In der unteren rechten Ecke befand sich ein Siegel in Form einer goldenen Zitrone. Erstaunt sah Johann den Fremden an und fragte verärgert: „Was soll ich damit, soll das ein Rätsel sein?“ „Nein“ sagte Joshua, „ich komme von weit her aus dem Land der goldenen Zitronen. Mein Herr, der Zitronenkönig Zarif hat von dir, deinen wundervollen Äpfeln und deinem sprechenden Raben gehört. Er möchte euch gerne kennenlernen. Du wirst es nicht bereuen Johann. Er wird dich reich belohnen. Bitte bringe auch diese Pergamentrolle mit. Sie ist die Eintrittskarte in das Schloss. Je näher du nach Süden und zu deinem Ziel gelangst, verspürst du einen immer intensiveren Zitronenduft.“ Johann rollte mit den Augen und sagte zu dem Fremden ziemlich ungehalten: „Was ist, wenn ich mich weigere, was soll der ganze Unsinn überhaupt bringen?“ Daraufhin rasselte Joshua kurz mit seinem Säbel, sah ihn drohend an und erwiderte: „Stelle keine weiteren

Fragen und befolge lieber genau die Anweisungen. Solltest Du den genannten Aufgaben nicht nachkommen, widerfährt Dir und den Dorfbewohnern ein großes Unheil." Die zehn Äpfel, die du von deinen Apfelbäumen pflückst und die zehn goldenen Zitronen, die du auf deiner Reise suchen musst, sollten völlig unbeschadet im Schloss ankommen".

Mit diesen Worten drehte Joshua sich plötzlich um und ging eiligen Schrittes von dannen. Johann wollte ihm nachrufen, aber kein einziger Ton kam aus seiner Kehle.

Der Reiseplan

Johann grübelte den ganzen Tag darüber nach, was das wohl alles zu bedeuten habe und wie er seine bevorstehende Reise am besten bewältigen sollte. Wie und wo soll ich zehn goldene Zitronen finden? Was hat das mit dem alten Zwerg auf sich und wie soll ich einen tiefen breiten Bach durchschwimmen, ohne dass die Äpfel nass werden. Sie würden faulen und wären anschließend ungenießbar. Dann ist die ganze Reise umsonst.

Als es Abend wurde, ging er vor die Tür und sah betrübt in den Himmel. Kolko leistete ihm beim Nachdenken Gesellschaft. „Mach dir keine Sorgen, wir schaffen das schon, flötete der Rabe vergnüglich. Ihm schien die Aufgabe eine recht willkommene Abwechslung zu sein. Johann wurde sogleich etwas ruhiger, denn er wusste, dass Kolko gerissen war und ihm wirklich behilflich sein konnte. Der Rabe schaffte es dann doch noch, Johann mit allerlei dummen Späßen zum Lachen zu bringen. Ein wenig zögerte Johann, was er jetzt tun sollte, dann setzte er sich an sein Schreibpult. „Ich werde jetzt alles aufschreiben, was wir für die Reise brauchen. Er nahm sich ein Stück Papier, tauchte die Feder in blaue Tinte und schrieb:

Rucksack

20 Äpfel (10 Äpfel in Reserve)

Pergamentrolle von Joshua als Eintrittskarte

Taschenmesser

Proviant

Feldflasche

Schlafsack und Wolldecke

2 Flaschen Apfelschnaps

1 Flasche Apfelessig

Geschenke aus der eigenen Apfelherstellung

In Gedanken stellte er sich vor, dass der Zitronenkönig vielleicht eine hübsche Tochter hat und für sie einen passenden Ehemann sucht. Er träumte, mit einer reichen Prinzessin seine Zukunft zu verbringen und eine Familie zu gründen. Schließlich war er auch nur ein Mensch mit den Gefühlen eines begehrenden Mannes und schon lange suchte er vergeblich nach einer Partnerin. Was für ein Blödsinn, schalt er sich selbst. Ganz davon abgesehen, dass eine Königstochter ihn den armen Apfelbauer bestimmt nicht zum Manne haben wollte.

Ein Knabbern am Ohr riss Johann aus seinen Grübeleien. „Wir müssen uns nun zur Ruhe begeben und morgen in aller Frühe aufbrechen", sagte Kolko ernst. Johann stand von seinem Schreibpult auf und sagte zu seinem Raben: „Wir pflücken jetzt noch schnell zwanzig wundervolle Äpfel von meinen herrlichen Apfelbäumen. Zehn Äpfel nehme ich in Reserve mit, dann kann gar nichts schiefgehen, falls einige Äpfel beschädigt werden sollten. Außerdem können wir unseren Hunger damit stillen. Danach packe ich den Rucksack.“

Nach einigen Stunden, in denen er die Sachen für seine bevorstehende Reise erledigte, war alles um ihn herum plötzlich in Dunkelheit versunken. Johann hatte gar nicht bemerkt, dass die Zeit so schnell verflogen war.

Er bereitete sich sein Abendessen zu. Es gab einen leckeren Braten in Apfelsoße mit Erbsen und Karotten, dazu eine riesige Portion Salzkartoffeln und zum krönenden Abschluss ließ er sich ein großes Stück Apfelkuchen mit Mandeln schmecken. Schließlich wollte er gut gestärkt seine Reise beginnen. Kolko bekam einen großen Berg Kartoffeln und ein kleines Stück vom Kuchen, dass er in Windeseile gierig aufpickte.

Der rote Riesenwald

Am nächsten Morgen wachte Johann gut ausgeschlafen auf und die Sonne lächelte schon freundlich in sein Apfelhaus. Er spähte zum Fenster hinaus und rief nach seinem Raben, der sogleich mit einem lauten Krähen angeflogen kam. „So, Kolko, es ist alles gepackt, lass uns nun aufbrechen zu einer Reise ins Ungewisse“, sagte Johann in einem verschwörerischen Ton. Der Rabe flog auf seine Schulter und versetzte ihm am linken Ohr einen leichten Stups mit dem Schnabel und flötete aufgeregt: „Ich bin ganz erpicht auf ein tolles Abenteuer, endlich kommen wir einmal raus aus unserem täglichen Einerlei“. „So kann man es auch sehen“, entgegnete Johann lachend und sie traten gemeinsam ihre ungewöhnliche Reise an.

Eine Stunde später wanderten sie nach Westen und suchten nach dem roten Riesenwald, die erste Hürde, die sie bewältigen mußten. Johann wanderte mit Kolko auf der Schulter schweigend Stunde um Stunde, die Augen angestrengt in die Ferne blickend, immer darauf ausgerichtet, einen großen roten Wald zu sichten. Dabei war es schnell Abend geworden, hier und da beleuchtete ein Mondstrahl den Weg und sie beschlossen ihr Nachtlager auf einer Wiese aufzuschlagen. Sie nahmen noch eine kleine Mahlzeit aus dem prall gefüllten Rucksack zu sich, danach kuschelte sich Johann in seinen Schlafsack und Kolko machte es sich an seinen Füßen bequem. Sie konnten kaum noch die Augen offenhalten und fielen sofort in einen tiefen traumlosen Schlaf.

Zwei Stunden nach Sonnenaufgang erwachte Johann, und fühlte sich ausgeruht und bestens gestärkt. Schnell schlüpfte er aus seinem Schlafsack, rief nach Kolko und spähte zu seinem Rucksack. Dort lag vor ihm auf dem Boden ein Riesenblatt von einem Baum. Es war so groß wie ein Elefantenkopf und so leuchtend rot wie ein Rubin. „Das muss ein Blatt aus dem roten Riesenwald sein“, rief Johann. „Vielleicht ist es über Nacht zu uns herüber geweht.“

Verschlafen erhob sich nun auch Kolko und flog auf seine Schulter. „Weißt du, wo das Blatt herkommt?“ fragte er den Raben erstaunt. „Nein“ zischte Kolko aufgeregt. „Aber schau mal, dort in der Mitte des Blattes ist ein goldener Pfeil aufgemalt, ich glaube er zeigt die Richtung, in die wir nun gehen sollten“. „Du hast recht“ antwortete Johann, „wir brechen sofort auf“. Gut gestimmt stapften sie los.

Nach einer guten Stunde Wanderung präsentierte sich plötzlich vor ihnen ein Riesenwald in leuchtend rostroter Farbe. „Der ist ja riesig, wie sollen wir dort nur durchkommen?“ rief Johann entsetzt, während sie in den Wald marschierten. Vor ihnen erhob sich ein Gewirr aus Riesenbäumen, die haushoch in den Himmel ragten. Die Zweige wogten im Wind wie riesige rote Fahnen und es brauste so laut wie tausende Wasserfälle.

Als sie näherkamen, trauten sie ihren Augen nicht. Vor dem Waldeingang stand wie ein Wächter ein riesenhafter zotteliger Menschenaffe. Er maß nahezu fünf Meter und sein ganzer Körper samt Kopf war mit langen roten Haaren übersät. Sein Anblick war furchterregend und sogar Kolko, der vor nichts Angst hatte, stieß einen schrillen Ton aus. Der Affe hatte nur ein einziges Auge, was sich in der Mitte seines Gesichts befand. Er senkte den Kopf und sein blutunterlaufenes Auge fixierte Johann. Das Augenlid war nach außen gekippt und hing schlaff herab. Plötzlich brüllte der Riesenaffe: „Wenn du in den Wald willst, gib mir zwei schöne Äpfel. Ich esse sie für mein Leben gern".

Johann schreckte zusammen. Er nahm zwei Äpfel aus seinem Rucksack, reckte sich so hoch er konnte und gab sie ihm. Der Affe bückte sich tief zu Johann herunter und nahm die Äpfel entgegen. Er presste sie mit seiner Riesenfaust zusammen, so dass der Saft nach allen Seiten spritzte und stopfte sich gierig die zermatschten Apfelreste in sein großes Maul. Dabei lachte er dröhnend, dass ihm der Bauch wackelte und zeigte dabei zwei Reihen langer scharfer Goldzähne.„Gute Ware, gib mir noch zwei Äpfel" schrie er. Wieder nahm er die Äpfel und stopfte sie sich diesmal alle zwei auf einmal in seinen Riesenschlund. Dabei schmatzte er laut und leckte sich genüsslich seine behaarten Finger ab.

„Nun gewähre ich dir Eintritt" sagte der Menschenaffe, „aber du musst eine Aufgabe erfüllen, dann hast du das Recht, aus dem Wald wieder herauszufinden. Finde in diesem Gewirr aus Bäumen und Blättern vier goldene Zitronen, anschließend packe sie in deinen Rucksack und gehe so schnell du kannst wieder aus dem Wald heraus. Sei immer auf der Hut, denn hier haust eine böse Waldhexe".

Plötzlich packte der Menschenaffe Johann mit seinen behaarten Händen, hob ihn hoch und ließ ihn drei Meter weiter unsanft einfach zu Boden plumpsen. „Also geh jetzt", brüllte er ohrenbetäubend und stapfte polternd von dannen.

„Wie gut, dass ich genug Äpfel mitgenommen habe, wer weiß was noch kommt" murmelte Johann noch etwas benommen. „Versuchen wir es mal hier entlang", flüsterte er zu Kolko und kämpfte sich einen Weg durch Äste und Zweige. Das Gefühl beobachtet zu werden, machte Johann und Kolko wachsam.

Ab und zu raschelte es verdächtig laut und Johann blickte abwechselnd auf den Waldboden und hinauf zu den riesigen roten Bäumen. Kein einziger Lichtstrahl fiel durch das Gewirr der Äste. Johann glaubte hinter jedem Baum Gestalten lauern zu sehen und Tritte zu hören.

Er bückte sich und hob ein paar einzelne Blätter auf, die auf dem Waldboden lagen. „Hier finden wir bestimmt keine goldenen Zitronen. „Wir machen erst einmal Rast und denken uns eine Strategie aus“, überlegte Johann laut. „Schau einmal, dort ist ein hohler Baumstamm, der ist so groß, da kann man sich ja drin verstecken“ rief Kolko, „vielleicht finden wir darin die goldenen Zitronen“. Johann beschloss, in dem Stamm nachzuschauen, sah aber nur einen leeren Hohlraum. Enttäuscht gingen sie weiter.

Die böse Waldhexe

„Dort funkelt etwas zwischen dem filzigen Moos“, raunte Kolko aufgeregt Johann ins Ohr. Wie aus dem Nichts versperrte plötzlich ein altes Weib den Weg. Johann und Kolko erschraken mächtig, als die Alte auf sie zuhinkte und vor ihnen stillstand. Ihre Kleidung war zerrissen und zerlumpt, sie hatte ein altes zerfurchtes Knittergesicht mit einer riesigen Knollennase im Gesicht, die an eine verschrumpelte Kartoffel erinnerte. Aus rot entzündeten Augenlidern und mit einem bösen Blick, starrte sie die beiden an.

„Oh, was hast du denn da auf deiner Schulter für einen prächtigen Raben“, rief die Alte mit unangenehmer krächzender Stimme. „Ich esse für mein Leben gerne gebratene schwarze Raben, wollen doch mal sehen, wie das Vögelchen mundet“ gluckste das Weib und griff mit ihren langen hässlichen Spinnenfingern nach Kolko. „Du unverschämtes hässliches altes Weib“, rief Johann erbost. „Geh bloß weg mit deinen langen Krallenfingern“.

Kolko flüsterte Johann leise ins Ohr: „Gib ihr etwas von dem Apfelschnaps, das macht die Alte besoffen und wir können weiterziehen“. „Ich habe etwas viel besseres für dich“, wisperte Johann nun und strengte sich an, freundlich zu klingen. Er langte in seinen Rucksack, zog die Flasche mit dem Apfelschnaps heraus, entkorkte sie und hielt sie der Alten unter ihre Kartoffelnase. Sie schnüffelte begierig an der Flasche, setzte an und trank in einem Zug die Flasche leer. Dabei lief ihr die Flüssigkeit den faltigen Hals herunter.

„Komm“, sagte Johann zu der Alten, „ich bringe dich nach Hause, zeig mir den Weg“. Die Alte grunzte vor sich hin und wankte laut schimpfend volltrunken den Weg entlang.

Nach einiger Zeit kamen Sie zu einer alten verfallenen Holzhütte. Das alte Weib stieß die Tür auf, wackelte in die Hütte, schmiss sich auf eine Pritsche und schlief sofort laut schnarchend ein.

Das Innenleben der Hütte schien unter einer Decke von Staub und Spinnweben erstarrt. Nach Luft ringend wandte sich Johann schon zum Gehen um, als sein Blick auf einen Tisch fiel, der auf der gegenüber liegenden Seite stand. Auf ihm stand eine hölzerne Schale, die mit einem schäbigen Tuch bedeckt war.

Von Neugierde getrieben, zog Johann das von Motten zerfressene Stück Stoff von der Schale und fuhr so heftig zurück, dass er fast den Halt verlor. Er glaubte seinen Augen nicht zu trauen. Was er sah versetzte ihn in Erstaunen und Entzücken. In der Schale lagen vier goldene Zitronen, die ihm entgegenblitzten. Auch Kolko stieß einen leisen Pfiff aus.

Johann packte vorsichtig die Zitronen in seinen Rucksack und sagte zu Kolko: „Schnell weg hier, ehe die alte Hexe wieder aufwacht.“ Eilig huschten sie aus der Hütte.

Nach ein paar Metern stand plötzlich wieder der zottelige Riesenaffe vor ihnen. Er breitete seine dicken langen Arme wie Flügel aus, teilte die roten Riesenbäume wie eine Schneise in der Mitte, so dass die Sonnenstrahlen zwischen Blättern und Zweigen hindurch schimmerten und sagte dröhnend: „Gehe nun und erklimme den hohen Berg, die zweite Hürde deiner Reise, viel Glück Johann vom Apfelfelde!“ Daraufhin verschwand der Affe wieder im Wald und Johann und Kolko traten ins helle Sonnenlicht hinaus.

„Das hat ja bis jetzt perfekt geklappt", sagte Kolko zu Johann. „Wir haben schon vier goldene Zitronen gefunden, die restlichen sechs werden wir auch noch finden". „Ganz meiner Meinung", stimmte Johann ihm erfreut zu. „Was täte ich nur ohne dich? Du bist ein wahrer Glücksfall!" Kolko plusterte sein Gefieder auf und rollte mit seinen schwarzen Rabenaugen.

Zak der Bergzwerg

Sie machten sich eifrig auf den Weg. Den ganzen Tag über wanderten sie durch Wiesen und Felder und die Sonne brannte heiß und stechend vom Himmel. Als der Tag sich dem Ende neigte, beschloss Johann zu rasten, um am nächsten Morgen frisch ausgeruht nach dem Berg Ausschau zu halten.

Sie tranken einen großen Schluck Wasser aus der Feldflasche, aßen einen Kanten Brot und ein Stück getrockneten Schinken. Zum Abschluss gönnte sich Johann noch einen saftigen Apfel. Kolko hatte nicht viel Hunger und wollte nur noch schlafen. Johanns Glieder wurden ihm schwer und schweißgebadet sank er auf ein weiches Lager von samtigem Moos nieder. Augenblicklich wurde er vom Schlaf übermannt.

Am nächsten Morgen wurde er jäh aus dem Schlaf gerissen, als er aus den Augenwinkeln eine winzige Gestalt wahrnahm, die direkt vor ihm stand.

„Halli Hallo Hallöchen, ich hoffe, ich störe nicht. Herzlich willkommen, ich bin Zak der Bergzwerg“, krähte der Winzling vergnügt. Er war hässlich, schrumpelig und gelbhäutig. Er trug einen blaue Pluderhose, rote Strümpfe und eine rote Zipfelmütze, an deren Ende eine kleine goldene Zitrone baumelte. „Ich lebe hier in dieser Höhle und möchte euch auf den Gipfel des Berges begleiten“, sagte der Zwerg und zeigte fuchtelnd mit seinen kleinen Armen auf einen großen Felseingang, der sich unmittelbar neben Johanns Nachtlager auftat.

Johann sprang auf und sein Blick fiel auf einen riesigen Berg, der sich vor seinen Augen endlos in den Himmel streckte. Auch Kolko hob den Kopf und folgte sprachlos Johanns Blick.

Zu seiner Überraschung sah der Zwerg aus der Nähe betrachtet weder gefährlich noch bedrohlich aus. Sein Gesicht strahlte Güte und Vertrauen aus und er zwinkerte Kolko mit seinen kreisrunden stahlblauen Murmelaugen freundlich zu.

„Bitte folgt mir in meine Berghöhle“, raunte Zak geheimnisvoll und breitete seine kleinen Arme einladend aus. Johann und Kolko staunten nicht schlecht, als sie in eine prächtige Höhle eintraten, deren Wände mit funkelnden Bergkristallen bedeckt waren. Feine Möbel standen auf einem Boden aus purem Gold.

„Nun hört mir zu, was ich zu sagen habe“, erklärte Zak geheimnisvoll. Johann und Kolko nickten und lauschten aufmerksam seinen Worten. „Ich bin ein Bediensteter des Zitronenkönigs Zarif. Seit vielen Jahren wohne ich in diesen Berg. Der Gipfel wird bewacht von einem sehr bösartigen Geier, der keine

Gnade kennt. Hinter dem Berg gelangst du an einen tiefen breiten Bach, den du überqueren musst, deine letzte Hürde auf dieser Reise. Dann hast du es geschafft und ein prächtiges Schloss wird sich vor deinen Augen auftun. Ich werde dich persönlich auf den Gipfel des Berges geleiten, wie du an dem Geier vorbeikommen willst, ist deine Sache. Sei aber auf der Hut!"

Johann kniff die Augen zusammen, griff in den Rucksack und zog die Pergamentrolle heraus, die er von Joshua bekommen hatte. Er hielt sie dem Zwerg direkt unter die Nase. „Ich muss eine wichtige Aufgabe für den Zitronenkönig Zarif lösen und"…… „Ja, ja, ich kenne den Inhalt", unterbrach ihn der Zwerg unwirsch. Er trat einen Schritt zurück, als müsste er dort etwas sehr Störendes mit dem Fuß beiseite schubsen und vermochte sein Unbehagen kaum zu verbergen.

"He, wieso schaust du so grimmig?“ fragte Johann den Zwerg. „Wenn du dir wegen dem dämlichen Geier da oben auf dem Berg Sorgen machst, ist das dein Problem. Mich kannst du mit deiner Angst nicht beeindrucken. Ich komme schon an ihm vorbei, er wird mich ja wohl nicht auffressen!“ bemerkte Johann spöttisch. „Wie viele Zitronen hast du denn schon gefunden?“ Bei der Frage sah Zak Johann eindringlich an und seine stahlblauen Augen waren ernst. „Bis jetzt habe ich vier goldene Zitronen gefunden, ich muss aber noch weitere sechs finden, damit meine Aufgabe vollständig gelöst wird, sonst war die ganze Reise sinnlos“, erwiderte Johann.

Der Zwerg runzelte düster die Stirn und entgegnete: „Wir haben tatsächlich ein Riesenproblem. Es ist nicht so einfach wie du denkst. Der bösartige Geier auf dem Berggipfel tötet jedes sich nähernde Lebewesen sofort. Er hat schon viele Menschen mit seinen messerscharfen Klauen in der Luft zerfetzt und anschließend verspeist.

Ein kalter Schauer lief Johann den Rücken hinab, bei dem Gedanken an einen bevorstehenden Tod. „Ich weiß, dass sich in seinem Nest vier goldene Zitronen befinden“, erläuterte Zak. „Das ist nun deine Aufgabe, wie du an sie herankommst. Vielleicht hilft euch mein kleiner Hinweis. Der Geier frisst Äpfel für sein Leben gern. Die letzten zwei Zitronen, die dir zu deiner Sammlung noch fehlen, musst du aus dem tiefen Bach herausholen, der hinter dem Berg entlang fließt. Dann hast du deine zehn goldenen Zitronen gefunden und die Aufgabe ist so gut wie gelöst.

Vielleicht hat dein schlauer Rabe eine Idee?“ Mit seinen stahlblauen Murmelaugen sah der Zwerg Kolko gespannt an.

Kolkos schwarze Knopfaugen verengten sich zu schmalen Schlitzen und er zwitscherte aufgeregt: „Ich habe tatsächlich eine geniale Lösung, wie wir uns gefahrlos die vier goldenen Zitronen aus dem Nest beschaffen können.

Wir brauchen dazu zwei Äpfel, außerdem schwarzen Pfeffer, Senf, viele Chilischoten und Honig. Kannst du uns diese Zutaten bereitstellen?" Der Zwerg sprang sofort auf und holte die aufgezählten Gewürze sogleich aus einem kleinen Schrank, der mit feinen Schnitzereien verziert war, während Johann zwei Äpfel aus seinem Rucksack nahm. „Und nun? Jetzt sind wir aber gespannt?", fragten Johann und Zak fast gleichzeitig und schauten Kolko erwartungsvoll an.

Mit glänzenden Augen erklärte Kolko aufgeregt seinen Plan. „Teile einen Apfel mit einem scharfen Messer genau in der Mitte. Höhle beide Hälften aus und fülle alle Gewürze bis auf den Honig in die Apfelhälften. Danach müssen wir die Hälften wieder zusammensetzen und streichen die Schnittstellen mit Honig ein, damit alles gut zusammenklebt. Wir geben zuerst dem Geier einen nicht präparierten Apfel, dann den super scharfen Gewürzapfel. Der Geier wird vollkommen wild werden und vor Schreck aus seinem Nest stürzen. Die Gelegenheit nehme ich beim Schopf, fliege ins Nest, greife mit dem Schnabel nacheinander die vier goldenen Zitronen und werfe sie Johann entgegen".

Einen Moment war vollkommene Stille. Plötzlich grölte der Zwerg und rollte dabei mit seinen runden Murmelaugen: „Das ist ja eine fabelhafte Idee" Auch Johann war begeistert. Seine Augen blitzten vor Freude und er juchzte laut auf. Vor lauter Übermut tanzte der Zwerg in der Höhle umher, zog seine rote Zipfelmütze vom Kopf und warf sie in die Luft.

Johann kraulte Kolko hinter den Ohren, was der Rabe besonders gerne mochte. Schnell präparierten sie zusammen den Apfel, so wie es Kolko vorgeschlagen hatte. Anschließend machten sich die drei auf den Weg zum Berggipfel.

Ein schmaler Weg führte über steile Bergpfade und durch enge Schluchten. Plötzlich gegen Abend – sie waren den ganzen Tag über bergan gestiegen – zog ein schreckliches Gewitter auf. Es krachte und polterte, Blitze fielen links und rechts an ihnen nieder, so dass der Himmel wie ein Feuermeer schien. Sturm und Regen peitschte ihnen ins Gesicht und Schlamm spritzte zu allen Seiten. Knochen und Gelenke schmerzten und ihre Kleider waren in kürzester Zeit völlig durchweicht. Der Weg wurde immer rutschiger und glatter. Sie beschlossen, in einer kleinen engen Felshöhle Unterschlupf zu suchen und bis zum Morgengrauen zu warten.

Als endlich der neue Tag hereinbrach, fühlten sich Johann, Zak und Kolko total erschöpft, zerschlagen und todmüde. Wie Betrunkene wankten sie aus der feuchten dunklen Felsspalte. Zur Entschädigung belohnte sie ein strahlend blauer Himmel und die Sonne sandte liebevoll ihre warmen Strahlen zu ihnen herunter. Erleichtert nahmen sie die angenehmen Temperaturen zur Kenntnis. Über verschlungene Pfade ohne eine weitere Rast stiegen sie immer höher, bis sie den Gipfel des Berges erreichten.

Geiersturzflug

Bald hörten sie von weitem ein fürchterliches Geschrei und sahen in der Ferne ein Nest auf dem Gipfel, aus dem messerscharfe Riesenklauen heraushingen. Als sie näherkamen, erhob der Geier seinen Kopf und starrte ihnen mit rot glühenden Augen entgegen. „Was wollt ihr hier, los verschwindet, sonst töte ich euch“, donnerte der Geier mit furchterregender Stimme. „Ich möchte ins Land der goldenen Zitronen“ entgegnete Johann mit fester Stimme. „Ich bin ein armer Apfelbauer, das ist mein sprechender Rabe Kolko und das ist Zak, ein harmloser Bergzwerg“. „Hi“, säuselte Kolko mit honigsüßer Stimme und schüttelte sein Federkleid, eine Geste, von der er hoffte, dass sie möglichst imponierend wirkte.

„Wo ich herkomme, beschenkt man sich, wenn man sich begegnet, ich habe hier extra für dich zwei wundervolle Äpfel als Geschenk mitgebracht“, rief Johann. Der Geier reckte seinen langen faltigen Hals in die Höhe. Er sperrte den Schnabel auf, woraus ein widerliches, grünliches Speichelrinnsal tropfte. Seine knallroten Pupillen hatten sich in ein gleißendes Gelb verwandelt und sein Blick war starr auf Johann gerichtet. Johann lief es eiskalt den Rücken herunter. Kolko flüsterte ihm zu, ruhig und gelassen zu bleiben. „Na dann gib schon den dämlichen Apfel her“, krähte der Geier hochmütig.

Johann musste sich lang machen und ganz hoch auf die Zehen stellen, um an den Schnabel des Geiers heranzugelangen. Er hielt ihm den Apfel entgegen, den er Johann sofort mit seinen mörderischen Klauen aus der Hand riss. Dabei fügte er ihm einige tiefe blutige Kratzer in der Handfläche zu. Wütend und vor Schmerz brüllend zog Johann seine Hand zurück. Sie sah aus, als hätte sie jemand mit einem großen Fleischermesser bearbeitet. „Kannst du nicht aufpassen“, stöhnte Johann und biss die Zähne zusammen. Er nahm eine Flasche Apfelessig aus seinem Rucksack, goss etwas davon mit schmerzerfülltem Gesicht über die verletzte Hand und verband die Wunde mit einigen Stoffresten. Innerlich kochte er vor Wut und hätte am liebsten den Geier in der Luft zerrissen.

Der Geier bedachte ihn mit einem herablassenden Blick, lachte hämisch und zischte „mhmmm, schmeckt himmlisch, gib mir noch so einen herrlichen Apfel, damit ich mehr Kraft bekomme, um euch als Nachtisch zu verspeisen“. „Aber sehr gerne“, presste Johann mit zusammengebissenen Zähnen hervor und ballte unwillkürlich die Fäuste. „Diesmal werfe ich dir den Apfel zu, du musst ihn nur auffangen“. Der Geier fing den präparierten Apfel mit seiner Riesenklaue und schob ihn sich gierig in den Schlund. Johann, Zak und Kolko hielten vor Anspannung die Luft an und sahen gespannt zu ihm empor. Er verharrte einen Moment reglos, dann krümmte er sich, spukte und hustete, Tränen schossen aus seinen Augen, und mit einem markerschütternden Schrei verlor er die Balance und stürzte aus dem Nest.

Im gleichen Augenblick nahm Kolko die Chance wahr. Er flog ins Nest und warf Johann schnell nacheinander die vier goldenen Zitronen zu, die er augenblicklich in seinem Rucksack verstaute. Mit großen Augen verfolgte Zak gespannt die Ereignisse. Schnell bedankten sich Johann und Kolko bei dem Zwerg für seine Hilfe und winkten ihm zum Abschied.

Eilig stiegen sie ins untere Tal ab. Die Aufregung und auch die Angst steckte ihnen noch in den Knochen. Schweißgebadet nach Atem ringend kamen Johann und Kolko ins Tal gerannt.

Der Riesenbach und die giftgrüne Schlange

„Dort, siehst du Kolko, da ist der Bach ja endlich!“ rief Johann glücklich. Dann hob er den rechten Arm und deutete zum Horizont. „Bach ist gut,“ witzelte Kolko und sah erstaunt in die gedeutete Richtung. In der Ferne blinkte nun ein riesiges Gewässer wie ein Spiegel. Beim Näherkommen drang sich plötzlich ein tosendes Rauschen an Johanns Ohr. Als sie am Ufer angekommen waren, blickten sie gebannt auf einen reißenden Fluss. „Das ist ja fast schon ein Ozean und kein kleines Bächlein! Wie soll ich in einem so großen Gewässer zwei goldene Zitronen finden, das ist unmöglich“? rief Johann verzweifelt aus. Er brauchte einen Plan. Ratlos blickte er sich um.

Plötzlich blubberte und wallte das Wasser gewaltig und ein schrecklicher großer Kopf einer Schlange suchte sich einen Weg durch tosende schlammige Wassermassen. Die Schlange züngelte und zischte heftig und richtete sich zu ihrer ganzen Größe auf. Sie war zehn Meter lang, giftgrün und starrte Johann und Kolko mit gelb gesprenkelten Schlitzaugen an.

Die Beiden schraken mächtig zusammen, verspürten aber erstaunlicherweise keinerlei Angst. Die Schlange schlängelte sich nun ganz aus dem Wasser und rollte sich zusammen. Johann betrachtete mit Bewunderung im Sonnenlicht das grüne Farbenspiel auf ihren Schuppen. Sie hob gemächlich den Kopf und sagte freundlich: „Ich bin Basima, die Zauberschlange. Ich lebe hier im Bach seit 300 Jahren. Vor mir braucht sich niemand fürchten. Ich bin sehr gutmütig und krümme weder Mensch noch Tier nur ein einziges Haar".

„Darf ich mich vorstellen: Ich bin Johann vom Apfelfelde und das ist Kolko, mein schlauer Rabe. Hier in diesem Riesengewässer muss ich noch zwei der insgesamt zehn goldenen Zitronen finden. Es ist die letzte Hürde meiner ungewöhnlichen Reise. Acht goldene Zitronen habe ich unter abenteuerlichen Bedingungen gefunden. „Hmmm“, räusperte sich Kolko und stieß einen merkwürdigen Laut aus. Er blitzte Johann mit zornigen Augen an. „Ja zum Teufel, Kolko mein schlauer Rabe trägt natürlich den Hauptanteil an meinem Erfolg. Liebe Basima, kannst du uns bei der Suche behilflich sein?“ „Oh ja“, säuselte die Schlange.

In den Wurzeln des Flussgrundes befindet sich eine kleine Schatzkiste, darin sind zwei Zitronen verborgen. Es gibt aber ein Problem. Bewacht und verteidigt wird die Schatzkiste von einem todbringenden Mörderkraken mit riesigen Tentakeln. Wenn du diesem nahe kommst, wirst du auf grausame Weise gewürgt und gefressen.“

„Zum Kuckuck aber auch“, schrie nun Kolko. „Immer wieder gibt es neue Schwierigkeiten, was muss ich mir denn noch alles ausdenken"! Basima lächelte und sagte beschwichtigend: „Nur die Ruhe, ich habe eine Gabe, die euch gefallen wird. Ich nenne mich nicht umsonst Basima die Zauberschlange. Ich kann Menschen in Tiere verwandeln. Allerdings wirkt meine Zauberformel nur, wenn der zu verwandelnde Mensch sich vollkommen nackt unter der Wasseroberfläche befindet. Vielleicht hat dein schlauer Rabe eine Idee, in welches Tier ich dich – lieber Johann verwandeln soll, damit wir das Untier überlisten können."

„Hi, hi, hi, ich lach mich schlapp" kreischte Kolko. „Dann kannst du ja Johann in einen Raben verwandeln und wir könnten zusammen durch die Lüfte fliegen..." „Lass doch jetzt diese Albereien, Kolko", unterbrach Johann ihn ärgerlich. „Sag uns lieber, was wir machen sollen". Der Rabe wiegte mit dem Kopf hin und her und schaute nachdenklich auf die Wasseroberfläche des Baches. „Plötzlich leuchteten seine Augen und er ließ einen durchdringenden Pfiff erschallen.

„Basima, du verwandelst Johann in einen Stachelrochen“, erklärte Kolko aufgeregt. „Der ist sehr gefährlich. Sein Stachel ist 30 Zentimeter lang und hat Widerhaken an den Rändern. Der Stachel wirkt wie ein Schwert. Zur Verteidigung kann ein Rochen den Schwanz über den Rücken oder seitlich nach dem Angreifer peitschen. Dabei spreizt er den Stachel ab, der so tiefe und lange Wunden schlagen kann. Durch das Zurückziehen des Stachels werden durch die Sägeränder die Wunden vergrößert und weiter aufgerissen und es gelangt zusätzlich Gift in den Körper des Gegners“.

„Kolko, du kluges Vögelchen! Das ist es!“ rief Johann begeistert. „Basima verwandle mich in einen Rochen, dann werde ich den Mörderkraken töten!“. Basima schaute ziemlich verdutzt und sagte erstaunt: „Du kennst dich aber gut aus in der Tierwelt, Kolko“ „Nun ja, ich kann nicht nur sprechen, sondern auch lesen“, antwortete Kolko stolz. „Geschichten über Tiere ziehen mich magisch an. Johann hat in seinem Apfelhaus viele Erzählungen, Märchen und Schriften über Mensch und Tier aufbewahrt“.

Die Verwandlung und der Riesenkraken

Schnell legte Johann seine Kleidung ab und stand nun völlig nackt vor der Schlange. Ein sanfter Windhauch jagte ihm eine Gänsehaut über den Rücken. Panik keimte in ihm auf. Mit klopfenden Herzen stieg er auf den Rücken von Basima. Der Gedanke, in ein Tier verwandelt zu werden, behagte ihm gar nicht.

„Schling deine Arme fest um meinen Hals und halte dich gut fest. Sobald wir unter der Wasseroberfläche sind, werde ich dich in einen Rochen verwandeln", rief die Schlange.

Vorsichtig ließen sie sich in das eisige, kristallklare Wasser sinken, dessen Oberfläche sich nahezu lautlos wieder über ihnen schloss. Kaum unter Wasser durchströmte Johann eine behagliche Wärme. Er fühlte sich schwerelos und die Welt verschwamm vor seinen Augen. Seine Haut brannte wie Feuer und sein

Körper verschmolz mit dem des Rochens. Eine ungebändigte Kraft erfüllte ihn und er spürte eine magische Energie. Schneller und schneller schoss er mit Basima scheinbar unergründlichen Tiefen entgegen.

Fasziniert bestaunte er auf der Reise in die Tiefen des Flusses die prächtige, bunte Unterwasserwelt. Meterlange grünliche Blätter kitzelten ihn an der Schwanzflosse. Dunkles schwarzgraues Gestein zog an ihm vorbei. Knallbunte Fische und farbenfrohe schillernde Korallen streiften ihn sanft. Auf dem Flussboden angekommen schlängelte sich Basima in eine höhlenartige Öffnung. „Folge mir“, raunte Basima, „dort hinten ist die kleine Schatzkiste“. Johann schwamm in ihre Richtung und kämpfte sich durch die Strömung.

Plötzlich zerrte an ihm ein riesiger Fangarm mit unendlicher Kraft und versuchte ihn weiter in eine

Höhle zu ziehen. Johann starrte in glutrote Augen eines Mörderkraken und erschrak zu Tode. Riesige Tentakel wirbelten ihn herum. Der Krake versuchte den frei schwebenden Johann mit einem Fangarm zu sich heranzuziehen, um ihn in seinen weit aufgerissenen Rachen verschwinden zu lassen.

„Stoß deinen Stachel wie ein Schwert in den Krake und töte ihn mit deinem Gift“, rief Basima nun aufgeregt. Johann ging zum Angriff über, dann stieß er seinen Stachel dem Mörderkraken mitten ins Herz. Der riesige Kopf des Kraken wirbelte mit einem widerlichen Schmerzensgeheul herum. Mit Entsetzen sah Johann die letzten schwachen Bewegungen des sterbenden Kraken.

Basima zog mit unendlicher Kraft den toten Kraken zur Seite. Zwischen zwei Korallenbänken sah Johann eine kleine Schatztruhe. „Nun habe ich das Ziel meiner Reise fast erreicht“, rief Johann aufgeregt.

„Das ist die Kiste mit den letzten beiden goldenen Zitronen“.

Basima zog mit ihrem Schwanz das Kästchen aus der Finsternis und gemeinsam machten sie sich auf den Rückweg. Wenige Augenblicke später durchbrachen sie sprudelnd die Wasseroberfläche.

„Hallo, es ist vorbei Johann, du kannst mich loslassen!“ rief Basima. Er hatte sich mit beiden Armen fest um den Hals der Schlange geklammert und machte immer noch keine Anstalten abzusteigen. Basima schüttelte sich kräftig und warf Johann sanft ans Ufer. Er zitterte am ganzen Körper, seine Glieder schmerzten und er fühlte sich wie in Trance. In seinem Kopf schwirrte es wie ein Bienenschwarm, so dass er keinen klaren Gedanken fassen konnte. Zu vieles war in den letzten Stunden auf ihn eingestürmt. Endlich rappelte er sich tropfnass und nackt langsam hoch, als Kolko einen markerschütternden Schrei ausstieß. „Wie siehst du denn aus“? rief der Rabe erschrocken. Johanns Gesicht war mit Schrammen und blutigen Schwellungen übersät. „Nimm etwas vom Apfelessig und reinige die Verletzungen“, sagte Kolko besorgt. „Ach, es tut nicht weh, es ist alles halb so schlimm“, entgegnete Johann.

Die Sonne umschmeichelte seinen erschöpften Körper. Trotz der Wunden schloss er zufrieden mit sich und der Welt die Augen.

Er hatte es tatsächlich geschafft. Seine Aufgabe war erfüllt und er war stolzer Besitzer der zehn goldenen Zitronen.

Das schöne Mädchen am Ufer

Plötzlich stand am Ufer ein wunderschönes Mädchen. Sie hatte lange schwarze Korkenzieherlocken, einen olivefarbenen Teint, volle rote Lippen und ihre mandelförmigen braunen Augen wurden von langen schwarzen Wimpern umrahmt. Unter dem Arm trug sie einen kleinen Weidenkorb, der mit Zitronen gefüllt war. Ein schwarzes Pferd graste im Schatten hinter ihr, das neugierig zu Johann schaute und laut schnaubte.

Entzückt starrte er das hübsche Mädchen an. Starr stand er völlig nackt in der Sonne und hatte gar nicht bemerkt, dass ihm die kleine Schatztruhe aus den Händen gefallen war, die er bis dahin immer noch umklammert festgehalten hatte. Fassungslos blickte das Mädchen ihn mit einem Raubtierblick in die Augen, stieß einen spitzen Schrei aus und warf den mit Zitronen gefüllten Korb auf die Erde. Sie raffte ihre Röcke und lief so schnell sie konnte mit wehenden Locken zu dem Pferd. In Windeseile schwang sie sich in den Sattel und ritt im Teufelsgalopp davon.

Johann blieb noch einen Moment regungslos stehen, dann blähten sich seine Wangen und er brüllte los vor Lachen. Er krümmte sich und lachte so lange und herzhaft, bis Kolko und Basima einstimmten. Während Johann sich seine Kleider anzog, fragte er Basima „Wer war das denn, kennst du dieses wunderschöne Mädchen“? „Es ist Selandia, die Zofe von Prinzessin Miranda. Miranda ist die einzige Tochter des Zitronenkönigs Zarif. Hast du noch nie von diesem grausamen Tyrann gehört? Seine Gier kennt keine Grenzen. Während er und seine Tochter in Prunk und Überfluss schwelgen, leidet sein Volk im Land der goldenen Zitronen bittere Not. Er verlangt immer wieder neue Steuern und die

Menschen müssen wie Sklaven für ihn schuften“, rief die Schlange verärgert.

„Das ist ja abscheulich, jetzt habe ich der Zofe einen gehörigen Schrecken eingejagt. Schließlich sehe ich im Augenblick zum Fürchten aus und außerdem bin ich völlig nackt. Kein Wunder, dass sie so schnell verschwunden ist“, rief Johann bestürzt aus. „Aber ich muss sie unbedingt wiedersehen, mit dem grausamen König und seiner Tochter komme ich schon zurecht“, antwortete Johann.

„Warte nur bis du Prinzessin Miranda kennengelernt hast. Sie ist unglaublich schön mit goldenen Haaren bis zur Hüfte. Aber im ganzen Land wird gemunkelt, dass sie launisch, boshaft, hochnäsig und jähzornig sein soll“, bemerkte Basima. Aber Johann hörte ihr gar nicht richtig zu und sah träumerisch in die Richtung, wo Selandia eben noch entschwunden war.

Jetzt erst blickte er auf die am Boden liegende kleine Schatztruhe, die beim Herunterfallen aufgesprungen war. Zwei goldene Zitronen waren auf dunkelrotem Samt gebettet und glitzerten im warmen Sonnenschein. Gleichzeitig bemerkte er den herrlichen frisch-herben Duft reifer Zitronen, der ihm nun um die Nase wehte. Auch Kolko und die Schlange waren fasziniert von dem Leuchten der Zitronen. Er hob sie vorsichtig aus der Truhe und wollte sie in seinen Rucksack legen, als er ein kleines zusammengerolltes Stück Papier in einer Ecke der Truhe entdeckte. Er nahm es heraus und las den Inhalt laut vor:

Mutig hast du alle Hürden überwunden,
hast zehn goldene Zitronen gefunden,
mit großer Freude erwarten wir dich hier,
komm so schnell du kannst aufs Schloss zu mir.

In der unteren rechten Ecke befand sich wieder ein Siegel in Form einer goldenen Zitrone. „Nun musst du noch ans andere Flussufer Johann“, sagte Basima. „Gehe danach immer geradeaus, dann kommst du schnell zum Schloss. Mein Schlangenkörper wird dir als Brücke dienen und so gelangst du unbeschadet herüber“.

Johann strahlte die Schlange glücklich an. Er nahm seinen Rucksack und balancierte etwas wackelig auf dem Schlangenrücken ans andere Ufer. Währendessen schwang sich Kolko fröhlich krähend in die Lüfte und landete noch vor Johann sanft auf einer weichen nach frischem Gras duftenden Wiese. Johann schenkte der Schlange zum Abschied zwei Äpfel und bedankte sich bei ihr sehr herzlich für ihre Hilfe.

Im Land der goldenen Zitronen

Als Johann ein paar Schritte gegangen war, sah er vor sich auf einer kleinen Anhöhe ein gewaltiges Schloss thronen. Eine mit goldenen Zitronen bekrönte Schlossmauer umgab den majestätischen Palast. An den Spitzen der Schlosstürme prangten riesige goldene Zitronen, die in der Sonne blinkten und glitzerten. Die Fenster waren in Zitronenform symmetrisch angeordnet.

„Wow!“, rief Kolko und flog begeistert durch die Lüfte. Ein seichter Wind wehte einen intensiven Zitronenduft zu ihnen herüber. Kolko riss den Schnabel auf und schnappte nach Luft. Soweit das Auge reichte, war die Schlossanlage von riesigen Gärten umgeben, in denen tausende Zitronenbäume blühten. Alles glitzerte und glänzte in der prallen Sonne wie Sterne am Himmel. Am Schlossportal angekommen, öffnete der Diener von König Zarif.

„So sieht man sich wieder“, rief Joshua. „Sei gegrüßt, lieber Johann, endlich hast du deine lange Reise beendet. Überreiche mir nun die Pergamentrolle, die ich dir damals gegeben habe und zeige mir, ob du zehn deiner Äpfel und die zehn goldenen Zitronen unbeschädigt für meinen Herrn bereit hast.“ Feierlich übergab Johann ihm das Gewünschte. Er begutachtete alles genau, nickte zufrieden mit dem Kopf und sagte: „Auf den ersten Blick sieht alles gut aus. Dein Rabe darf leider nicht ins Schloss, er kann es sich aber in den Zitronengärten gemütlich machen, dort findet er frisches Wasser und auch etwas zu fressen.“

Johann blickte traurig zu Kolko, gab ihm noch einen dicken Kuss auf die Rabenstirn und sagte: „Bleib in der Nähe, wir sehen uns bald wieder.“ Der Rabe kniff ihn mit seinem Schnabel zärtlich zum Abschied in die Wange und flog davon.

Joshua ließ Johann durch das große Schlossportal eintreten. Sie gingen durch unzählige lange Gänge bis er ihn in eine riesige Halle geleitete, die von unzähligen goldenen Marmorsäulen gestützt war. Die Wände waren mit azurblauem Damast bespannt, der ein Muster aus goldenen Zitronen trug. An der Wand hingen mit Edelsteinen und Diamanten verziert zwei gekreuzte Säbel. Der Boden war komplett mit kleinen blauen Mosaiksteinchen ausgeschmückt und mit weichen Perserteppichen belegt. Ein schwerer Kronleuchter mit Armen für tausend Wachskerzen krönte die goldene Decke.

Der Saal nahm Johann mit seiner ganzen Pracht gefangen, sobald er ihn betreten hatte. Er traute sich kaum, einen Fuß vor den anderen zu setzen. Joshua erklärte ihm, dass sie sich im Festsaal befanden, der auch zum Empfang von Besuchern benutzt wurde. In der Mitte des Saals stand ein Thron, mit einer kostbaren Hülle aus dunkelblauem Samt, die mit goldenen Zitronen bestickt war. An der Kopfseite der prächtigen Halle befand sich ein großer Marmortisch, an dem zu beiden Seiten mit Samt bespannte Stühle standen. „Setz dich auf den Stuhl und mach ein freundliches Gesicht, König Zarif wird gleich kommen und dich empfangen," befahl ihm Joshua und verschwand wie von Geisterhand hinter einer Tür.

König Zarif

Wenige Minuten später betrat König Zarif den Saal. Während Johann sich erhob, kam der König ihm schon freudestrahlend entgegen. Er war von majestätischem Aussehen, viel größer als Johann und hatte harte grausame Gesichtszüge mit einer großen gebogenen Nase und einem schmalen energischen Mund. Sein Blick aus stahlblauen Augen, mit dem er Johann abschätzend ansah, war durchdringend. Sein schwarzer Bart hing ihm tief über die Brust hinab. Er war prachtvoll gekleidet. Als Kopfschmuck trug er eine Krone, die mit drei goldenen Zitronen verziert war. Aus einem Ärmel seines kostbaren Gewandes ragte furchterregend eine vergoldete Eisenhand heraus.

Mit donnernder Stimme begrüßte er Johann und sagte: „Sei willkommen im Land der goldenen Zitronen, ich hoffe, wir werden uns gut verstehen.

Nun wollen wir mal sehen, ob deine Fracht, die du mir mitgebracht hast, auch tauglich ist."

Feierlich breitete er ein blaues Damasttischtuch auf dem Marmortisch aus. Daneben stellte er ein großes Glas mit einem Schraubdeckel. Dann legte er die zehn Äpfel im Abstand von jeweils 20 Zentimetern auf das Tischtuch. Plötzlich zog er unerwartet das verzierte Schwert von der Wand und spaltete damit in Windeseile alle zehn Äpfel in der Mitte, so dass der Saft nach allen Seiten spritzte.

Johann stolperte erschrocken drei Schritte rückwärts, sagte aber nichts. Dann nahm der König die zehn goldenen Zitronen, auch sie setzte er im Abstand von 20 Zentimetern auf das Tischtuch und teilte diese mit dem Schwert wie zuvor die Äpfel genau in der Mitte. Anschließend holte er aus seinem prachtvollen Umhang einen kleinen goldenen Löffel. Nun entfernte er mit ihm aus allen gespaltenen

Obsthälften die kleinen Apfel- und Zitronenkerne. Er schraubte das Glas auf, füllte alle Kerne hinein, schraubte es wieder zu und schüttelte es kräftig hin und her, so dass sich die Apfel- und Zitronenkerne vermischten.

Verwundert sah Johann den König an und rief vorwurfsvoll: „Dafür habe ich mich auf meiner langen Reise in Gefahr gebracht und jetzt werden die Früchte einfach zerstückelt?". Der König antwortete schmunzelnd: „Nun, lieber Johann, ich will dir zeigen, was es mit den Kernen auf sich hat. Komm und folge mir, wir machen einen kleinen Spaziergang."

Er schwebte davon und eilte mit wehendem Umhang in seine königlichen Gärten. Sie wandelten durch endlose Gartenwege an Springbrunnen, kleinen Fischteichen, Lauben und Rosenhecken vorbei und tausende Zitronenbäume mit ihren goldenen Früchten standen in voller Blüte.

Plötzlich bog König Zarif scharf links ab und sie kamen an ein umgegrabenes leeres Gartenfeld, in dem sich alle paar Meter kleine Löcher in der frischen Erde befanden. Der König schraubte das Glas auf, nahm einige Kerne heraus und schüttete sie in die dafür vorgesehenen Erdlöcher, bis sich keine Kerne mehr im Glas befanden. Dann bedeckte er die Löcher mit Erde und sprach hoheitsvoll zu Johann:

„Diese vermischten Apfel- und Zitronenkerne sollen mit ganzer Kraft und Energie zu Pflänzchen und dann zu prachtvollen Obstbäumen gedeihen. Ich werde eine ganz neue Fruchtsorte erschaffen, die noch niemand vorher gesehen und gekostet hat. Damit werde ich noch reicher. In drei Monaten möchte ich hier die prächtigsten Obstbäume erblicken. Solange müssen wir abwarten. Ich hatte dir versprochen, dich reich zu belohnen. Wenn alles zu meiner Zufriedenheit verläuft, gebe ich dir meine einzige Tochter Miranda zur Frau und ihr könnt auf dem Schloss in Saus und Braus bis an euer Lebensende in Frieden leben. Heute Abend wirst du sie bei einem üppigen Festmahl kennenlernen."

Johann betrachtete den König argwöhnisch von der Seite. „Aber was geschieht, wenn es mit dem Wachstum der neuen Bäume nicht klappt und das Vorhaben scheitert?" fragte er zaghaft den König. Der König zog die Augenbrauen hoch, lächelte spöttisch und stieß bedrohlich seine Eisenhand gegen Johanns Brust. „Wenn irgendetwas schief geht, werde ich deinem Raben den Hals umdrehen. Du wirst Zeit deines Lebens mit aller Kraft für mich schuften und arbeiten. In der Nacht lege ich dich in Ketten und du kannst bei den schwarzen Schweinen im Stall schlafen. Ich warte genau drei Monate, genieße noch deine Freiheit," fauchte der König. Dann lachte er hämisch und ließ Johann einfach stehen.

Erschrocken starrte Johann dem König nach. Dann aber stemmte er die Hände in die Hüften und brüllte vor Lachen. „Du kannst mir keine Angst einflößen, du alter Sklaventreiber!", rief er dem König nach und Tränen kullerten ihm vor Lachen die Wangen herunter. Der König hatte wohl seine Worte nicht mehr gehört.

Kolko saß auf einem Zitronenbaum und hatte das Gespräch mit angehört. Nun kam der Rabe angeflogen, setzte sich auf Johanns Schulter und sagte aufgeregt: „Falls alles schiefgeht werden wir früh genug unsere Flucht vorbereiten. Wie immer werde ich einen genialen Plan aushecken, wie wir von hier am besten verschwinden."

Johann war inzwischen stinksauer auf den König und erwiderte: „Du hast Recht, ich werde auf keinen Fall hier bleiben. Der König gefällt mir nicht, er ist ein grausamer Mann. Du hast ja gehört, was die Schlange über ihn gesagt hat."

„Warte doch erst einmal ab, vielleicht gefällt dir die schöne Königstochter". „Ach, hör auf Kolko, ich habe mich in die hübsche Zofe Selandia verliebt, nur sie will ich heiraten. Wenn wir flüchten, nehmen wir sie mit. Sie ist hier bestimmt auch nicht glücklich und wird gerne meine Frau werden. Sie mag mich ganz bestimmt!" rief Johann aus. „Der König ist ein böser Mann, für ihn zählt kein Menschenleben, nur Gold und Wohlstand.

Ich habe drei Monate Zeit, um Selandia für mich zu gewinnen. Solange werde ich mit der Flucht noch warten, denn ich will auch ein Bäumchen mit der neu erschaffenen Frucht mit nach Hause nehmen. Schließlich habe ich mit meinen wundervollen Äpfeln ebenfalls dazu beigetragen, wenn eine neue prachtvolle Fruchtsorte entsteht. Ich gehe jetzt ins Schloss und bereite mich auf das Festmahl vor“, sagte Johann entschieden. Dabei wurde seine Miene düster und die Stirn lag in tiefen Falten. „Schade, dass ich nicht dabei sein darf“, sagte Kolko traurig. Er sah seinem Herrn nachdenklich hinterher, stieß einen schrillen Pfiff aus und flog anschließend zum Brunnen und stillte seinen Durst.

Miranda, die schöne Königstochter

Als Johann kurz darauf das Schloss betrat, brachte Joshua ihn in ein Nebengebäude und zeigte ihm seine Behausung für die nächsten drei Monate. Das Zimmer war zweckmäßig, aber recht gemütlich eingerichtet. Neue feine Kleider lagen auf einem Stuhl bereit. Bald sollte er Gelegenheit haben, König Zarifs Tochter kennenzulernen.

„Du sollst heute Abend deinen Raben zum Festschmaus mitnehmen“, sagte Joshua. „Der König hat es befohlen. Mit dem achten Glockenschlag hole ich euch ab. Ich werde dich und deinen Raben zum Speisesaal geleiten“. Johann blickte ihm gedankenverloren nach.

Am Abend ließ er sich viel Zeit. Er nahm ein ausgiebiges Bad in Zitronenöl und bestäubte sich anschließend mit etwas Rosenwasser. Das blütenweiße Hemd, die azurblaue Hose und die karmesinrote Samtjacke gaben ihm ein elegantes Aussehen.

Zum Schluss bändigte er mit etwas Zuckerwasser seine drahtigen roten Haare und zwirbelte seinen Schnurrbart mit Daumen und Zeigefinger. Auch Kolko wälzte sich behaglich in einer kleinen Schüssel mit Zitronenwasser. Sein kohlschwarzes Federkleid glänzte wie eine Speckschwarte und seine listigen Augen funkelten.

Auf den Glockenschlag acht Uhr klopfte Joshua an Johanns Tür. Zusammen mit Kolko auf der Schulter gingen sie zum Speisesaal.

„Ach Kolko, wie aufregend!" flüsterte Johann, zu verblüfft, um durch die Tür zu treten. Im Kerzenlicht schimmerte ein riesiger, kreisrunder Speisesaal. Sein ganzer Boden bestand aus einer einzigen Glasplatte. Die Wände waren mit tausend kleinen Spiegelkacheln verziert. Johann stockte der Atem. Noch nie in seinem Leben hatte er so viel Prunk gesehen. „Das ist unglaublich schön….“, flüsterte Kolko.

In der Mitte befand sich ein großer runder Tisch, der mit unzähligen Rosenblüten dekoriert war. Um die Arme zweier silberner Kerzenständer waren Zitronen und Äpfel gewunden. Der Tisch war festlich mit feinstem Damasttuch eingedeckt und das Kerzenlicht spiegelte sich im reich geschmückten Raum. Der König befand sich schon im Saal und begrüßte Johann überschwänglich. Dann wies er ihn an, sich neben ihn an die Tafel zu setzen.

„Gefällt es dir, du hast sicher schon großen Hunger?“, fragte der König. „Miranda wird gleich kommen, dann kann der Festschmaus beginnen“. „Gefallen? So was Wundervolles habe ich noch nie gesehen“, rief Johann und zuckte kurz zusammen, als die Tür aufgerissen wurde.

Miranda, die Tochter des Königs betrat den Saal. Johann riss die Augen auf und die Prinzessin schwebte engelgleich auf ihn zu. Sie trug ein saphirblaues Kleid mit eingestickten kleinen goldenen Zitronen. Große, lange Diamantohrringe schmückten ihre Ohren. Kostbare Perlenschnüre wanden sich durch ihre Haare. Sie hatte eine elfenhafte Gestalt, lange lockige Haare wie aus Gold, eine niedliche Stupsnase und einen vollen roten Herzmund.

„Nun, du bist also Johann", sagte sie und streckte ihm ihre kleine Hand entgegen. Als sie ihm in die Augen blickte, traf ihn ein eiskalter teuflischer Blick aus ihrem zarten Gesicht und ließ ihn erstarren.

„Oh, wen haben wir denn da auf deiner Schulter?" kreischte Miranda mit schriller Stimme. Sie stieß Kolko kräftig mit dem Zeigefinger ins Gefieder, so dass er fast von Johanns Schulter fiel. „Autsch!" schrie der Rabe, „nicht so fest!". Ohne zu überlegen, zwickte er aus Wut Miranda kräftig in den Finger. Ein großer Blutstropfen rann zwischen ihren Fingern hindurch. Johann biss sich auf die Lippen und starrte erschrocken die Prinzessin an.

Als ob nichts geschehen wäre, zerrte sie wortlos eine blütenweiße Serviette vom Tisch, schlang sie um ihre Finger und setzte sich an den Tisch. Dabei bedachte sie Johann mit einem strafenden Blick. Der König lachte schallend und meinte gelassen: „Das ist mal ein Kennenlernen der besonderen Art, typisch meine Tochter".

Bald wurden erlesene Gerichte und Getränke hereingebracht. Die zahlreichen Speisen waren nicht nur üppig, sondern auch kunstvoll in kleinen und großen Schalen angerichtet. Duftnoten von gebratenem Fleisch, Früchten und orientalische Gewürze durchströmten den Saal. In großen funkelnden Kristallkrügen leuchtete roter Wein.

Johann lief das Wasser im Mund zusammen und Kolko tropfte der Speichel aus dem Schnabel.

Als edle Vorspeise wurde Hummer in Zitronenmayonnaise gereicht, gefolgt von Fasan in Apfelcremesoße mit Prinzessböhnchen und Königskartoffeln. Anschließend wurde ein riesiger Fisch in der Salzkruste mit Gartenkräutersoße und Frühlingsgemüse aufgetischt. Ständig wurde von den Dienern herrlich roter Wein nachgeschenkt. Zum krönenden Abschluss gab es eine große Zitronentorte, verziert mit Äpfeln und Zitronen aus Marzipan. Dazu wurden Feigen und Nüsse in kleinen goldenen Schalen bereitgestellt. Zitronenlikör und ein starker süßer Mokka rundeten das üppige Mahl ab.

In einer edlen Schale bekam Kolko ein extra großes Hühnerbein serviert, dass er gierig abnagte. Selbst von der Zitronentorte durfte er naschen.

Der König berichtete stolz stundenlang über sein riesiges Vermögen an Gold und Ländereien. Miranda saß gelangweilt neben ihrem Vater und sagte den ganzen Abend kein Wort. Johann war froh, als der König sich erhob und den Abend als beendet ankündigte. Nur das köstliche Festmahl und der herrliche rote Wein entschädigten ihn an diesem ersten Abend im Schloss.

Etwas beschwipst und mit vollem Bauch bedankte sich Johann bei Prinzessin Miranda und König Zarif. „Sicher werdet ihr beiden euch in den nächsten Wochen noch näher kennenlernen“, bemerkte der König und zwinkerte vergnügt seiner Tochter zu. Miranda zog die Stirn in Falten und verzog spöttisch die Lippen. Sie drehte sich auf dem Absatz wortlos um und blickte Johann dabei eiskalt in die Augen.

Die bezaubernde Zofe Selandia

In den nächsten Tagen und Wochen lebte Johann recht vergnügt in den Tag hinein. Morgens schlief er lange und anschließend unternahm er mit Kolko ausgiebige Spaziergänge ins Dorf. Dabei erfuhr er von den gepeinigten Dorfbewohnern, dass der König sein Volk grausam behandelte. Wenn Sie nicht pünktlich die hohen Steuern bezahlten, wurden sie geschlagen, getreten und ausgepeitscht. Sie waren verzweifelt, litten an Hunger und lebten in Angst und Schrecken. Johann war entsetzt über das Unrecht und sann auf Mittel, den König zu vernichten.

Nachmittags half er den Bediensteten des Königs ein wenig bei der Zitronenernte. Jeden Tag ging er neugierig zum Gartenfeld, um nachzusehen, ob schon ein neues Bäumchen aus dem Boden gewachsen war, aber es war noch nichts zu sehen. Miranda und der König ließen sich nicht blicken.

Eines Nachmittags brannte die Sonne ganz besonders unbarmherzig vom Himmel. Er setzte sich vor der Hitze geschützt unter die Gaube auf eine Bank im königlichen Garten und spielte ausgiebig mit Kolko, als er merkte, dass er beobachtet wurde. Unter dem Schatten eines Türbogens am äußersten Ende des Gartens sah er eine kleine Gestalt stehen.

Sein Herz bebte, denn es war Selandia, die hübsche Zofe der Prinzessin. Er trat hinaus ins grelle Sonnenlicht und ging auf sie zu. Selandia wurde puterrot und sah ihn schüchtern an. Jetzt wo sie im Sonnenlicht stand und er ihr in die Augen sah, waren in ihrer Iris kleine goldene Sprenkeln zu erkennen. In ihren wunderschönen schwarzen Korkenzieherlocken trug sie kleine goldene Perlen, ihr einfaches Kleid war von einem strahlenden Weiß und wetteiferte mit dem Glanz ihrer herrlichen Augen. Sie war noch liebreizender als er sie in Erinnerung hatte.

Johann strich seine Weste glatt, machte eine kleine Verbeugung und stellte sich vor: „Ich bin Johann vom Apfelfelde und auf meiner Schulter das ist Kolko mein sprechender Rabe“.

Selandia reichte ihm zaghaft die Hand und lächelte bezaubernd. „Mein Name ist Selandia. Ich bin die Zofe von Prinzessin Miranda“, bemerkte sie mit glockenheller Stimme. Dabei kraulte sie Kolko sanft das Gefieder. Der Rabe verdrehte vor Verzückung die Augen, flog auf ihre Schulter und knabberte an ihrem Ohrläppchen. „Bitte setz dich doch zu mir, dann können wir uns etwas unterhalten“, erwiderte Johann. Selandia erzählte traurig von ihrem tristen Leben im Schloss und der launischen, hochnäsigen und jähzornigen Prinzessin, die ihr immer wieder das Leben schwermacht. Johann berichtete über das Vorhaben von König Zarif und zögerte nicht, ihr von seiner geplanten Flucht zu berichten.

Plötzlich durchbrach ein wütender Schrei ihre Vertrautheit. Prinzessin Miranda kam mit wehendem Gewand auf sie zugeeilt, blieb wie eine Furie vor ihnen stehen und kreischte: „Selandia, was fällt dir ein, hier herumzustehen und zu schwatzen, geh sofort ins Schloss und verrichte deine Arbeit!“

Ruckartig erhob sich Selandia, so dass Kolko von ihrer Schulter auf den Rasen purzelte. Sie eilte zurück ins Schloss, ohne sich noch einmal zu ihm umzublicken. Kolko flog ihr nach, setzte sich auf ihre Schulter und flüsterte: „Komm morgen um die gleiche Zeit wieder zur Bank im Garten, Johann wird da sein und auf dich warten“.

Am nächsten Tag wartete Johann im Garten mehrere Stunden vergebens sehnsüchtig auf Selandia. Nach einiger Zeit kam Kolko angeflogen, im Schnabel hatte er einen kleinen Zettel. Johann nahm ihm den Zettel aus dem Schnabel und las:

Kann dich leider nicht treffen, Prinzessin Miranda beobachtet mich, aber komme um Mitternacht zum Brunnen im Garten, ich werde da sein.

Liebe Grüße Selandia

Johann war glücklich, denn endlich hatte er seine Traumfrau gefunden.

Punkt Mitternacht schlich er sich zum Brunnen in den Garten. Selandia stand unter einem Zitronenbaum. Aufgeregt kam sie auf ihn zu. „Wir können uns nur um Mitternacht hier treffen, wenn alle anderen schlafen. Wenn die Prinzessin uns zusammen sieht, bestraft sie mich und lässt mich auspeitschen“, flüsterte sie ihm ins Ohr. Sie unterhielten sich noch einige Zeit leise, dabei gestand Selandia zu Johanns großer Freude, dass sie bereit sei, mit ihm zu flüchten.

Sie hatte sich die Flucht schon genau durch den Kopf gehen lassen und berichtete ihm von ihrem prächtigen schwarzen Hengst Burkan. „Du hast ihn schon damals am Bach gesehen, er gehört mir und ist die einzige Freude, die mich hier über mein Elend hinweg tröstet. Es ist ein kräftiges stolzes Tier, langbeinig und schnellfüßig, es bringt uns schnell über Wiesen, Wald und Felder zurück in dein Land", erzählte sie ihm stolz.

Johann war so begeistert, dass er sich zusammenreißen musste, um nicht vor Freude laut aufzuschreien. „Wir warten, bis die ersten Bäumchen mit der neuen Frucht aus dem Boden sprießen, denn ich möchte eines davon mit in mein Land nehmen. Ich lasse dir durch Kolko eine Nachricht senden, wann der richtige Zeitpunkt für unser Verschwinden gekommen ist", flüsterte Johann aufgeregt.

Beim Abschied reckte sie plötzlich ihren hübschen Kopf in die Höhe und gab ihm schüchtern einen zarten Kuss auf den Mund. Er wollte sie mit seinen Armen umschlingen, aber ehe er sich versah, befreite sie sich aus seinen Armen und verschwand im Laufschritt zwischen den Zitronenbäumen.

Die Zipfelbeere

Zwei Wochen später nach einer lauwarmen Vollmondnacht wurde Johann früh am Morgen jäh durch einen lauten Glockenschlag aus seinen Träumen gerissen. Die Morgendämmerung eines frühen Augusttages drang durch das Fenster. Es musste etwas Außergewöhnliches passiert sein. Er sprang schnell aus dem Bett, kleidete sich in Windeseile an und preschte zum Schloss hinüber. Dabei flog ihm Kolko aufgeregt schnatternd auf seine Schulter.

Auf dem Weg zum Schloss vernahm er lautes Stimmengewirr. Das Kirchengeläut hatte das Volk aus dem Dorf in aller Herrgottsfrühe aus dem Schlaf geholt. Neugierig drängten sich nun Hunderte von Dorfbewohnern um die Schlossmauern herum, reckten ihre Hälse und starrten wie gebannt in die königlichen Gärten. König Zarif war so aufgeregt, dass er die vielen interessierten Blicke seines Volkes gar nicht wahrnahm. Alle Bediensteten des Königs sowie Selandia und Joshua waren im Garten versammelt. Nur Prinzessin Miranda war nirgendwo zu sehen.

Der König kam Johann schon freudestrahlend entgegengeeilt, gestikulierte wild mit den Händen und schrie „Kommt alle mit, es ist soweit!“ Er stürmte kreuz und quer durch die Gartenwege, sein Gefolge eilte ihm hinterher, bis er völlig außer Atem stehenblieb.

Aus den Erdlöchern im neu angelegten Gartenfeld ragten kniehoch zwanzig wundervolle Bäumchen aus der Erde. In den zarten Zweigen hingen unzählige lilafarbene tropfenähnliche Früchte, die in der Morgensonne leuchteten. Sie hatten die Form einer winzigen Aubergine mit einem kleinen grünen

Käppchen, das Ähnlichkeit mit einer Zipfelmütze hatte.

„Mein Plan ist aufgegangen, ich habe eine neue Obstsorte gezüchtet, die es nirgendwo auf der Welt gibt. Sie wird mich noch mächtiger und reicher machen. Es lebe die Zipfelbeere!“, schrie der König und strahlte über das ganze Gesicht. Er pflückte eine kleine Beere und übergab sie Johann mit ehrfurchtsvoller Miene. Johann legte die kleine Frucht sorgsam in seine Hände, betrachtete sie von allen Seiten und fragte den König: „Warum nennst du sie Zipfelbeere?“

„Das ist doch ganz einfach, nimm die ersten zwei Buchstaben von Zitrone, also ein **ZI** und die letzten vier Buchstaben von Apfel, also **P F E L**, ergibt nach Adam Riese **ZIPFEL**. Da sie aussieht wie eine kleine Beere mit Zipfelmütze, nenne ich sie **Zipfelbeere**“, erwiderte der König stolz.

Nun lachte auch Johann über das ganze Gesicht und rief: „Das ist genial, es lebe die Zipfelbeere!“ Vor lauter Übermut schnappte er sich Selandia und gab ihr einen Kuss auf den Mund. „Komm her du Glücksrabe, du bekommst auch einen dicken Kuss!“, brüllte Johann zu Kolko. Der König legte den Kopf zurück und sagte zornig zu Johann: „Denk daran, du wirst meine Tochter heiraten und keine andere!“. Johann grummelte etwas Unverständliches und schaute dabei verliebt zu Selandia herüber.

Die neugierigen Dorfbewohner waren mittlerweile auf die Schlossmauer geklettert. Auch unter ihnen brauste ein Jubelgeschrei aus, sie warfen ihre Mützen in die Luft und winkten mit bunten Tüchern. Vielleicht war nun ihr Leidensweg zu Ende. Sie hofften von ganzem Herzen, dass der König sich ändert und das Volk einer besseren Zukunft entgegen sehen konnte.

Trauer im Schloss

Als sich der Tumult endlich etwas beruhigt hatte, rief der König: „Nun wollen wir natürlich auch wissen, wie die Zipfelbeeren schmecken. Wo ist eigentlich Miranda? Meine Tochter soll als erste eine Beere probieren“. Er schaute sich um, konnte sie aber nirgendwo entdecken. „Na, dann her damit, ich esse sie selber!“, rief der König.

Er riss die Beere Johann aus der Hand und wollte sie zum Mund führen, als Kolko einen schrillen Ton ausstieß und rief. „Nicht essen, die Beeren sind giftig, das würde den sicheren Tod bedeuten, sie müssen erst reif werden, das dauert noch einige Wochen. Erst wenn der grüne Zipfel der Beere sich golden verfärbt, ist die Frucht reif, zuckersüß, essbar und für niemanden mehr gefährlich!“.

„Woher willst du das wissen“? fragte der König verärgert. „Glaubt mir, ich bin ein schlauer Rabe, auf meine Weisheit und meinen Instinkt kann man sich immer verlassen“.

Plötzlich durchzog ein markerschütternder Schrei den Garten. Es war Selandia, die zitternd und kreideweiß vor einer Gartenbank stand. König Zarif, Johann und alle Bediensteten liefen auf sie zu und trauten ihren Augen nicht.

Prinzessin Miranda lag tot auf der Gartenbank. Ihr Körper hing schlaff über der Bank und ihr Blick war stumpf und leer. Ihr einst schönes Gesicht war bläulich-schwarz verfärbt und dick verquollen. Ihre Gesichtszüge waren verzerrt zu einer schauerlichen Maske. Der Kopf war zur Seite gefallen und die Augen waren aus den Höhlen getreten. Aus ihrem Mund ragte noch der kleine grüne Zipfel einer Beere. Vor ihren Füßen stand ein Weidenkörbchen, gefüllt mit frisch gepflückten Zipfelbeeren. Der König fiel auf die Knie und weinte bitterlich. Nach einiger Zeit erhob er sich, drehte seinen Kopf zu Johann und warf ihm einen mörderischen Blick zu, der ihm das Blut in den Adern gefrieren ließ. Dann schloss er die Augen, stöhnte kurz auf und schlurfte ohne auch nur ein einziges Mal zurückzublicken mit schweren Schritten zum Schloss.

Drei Wünsche

Einen ganzen Monat lang saß der König mit finsterer Miene und trüben Gedanken in seinem Palast. So vergingen viele Tage, ohne dass etwas geschah. Er blieb Tag und Nacht in seinen Gemächern und niemand bekam ihn zu Gesicht.

Inzwischen hatten sich die kleinen grünen Zipfel der Beeren golden verfärbt und waren nun reif für die Ernte. Johann, Selandia und Kolko vertrieben sich die Zeit mit allerlei Späßen. Sie unternahmen oft ausgedehnte Ausritte mit dem schwarzen Hengst. Sie besuchten die Schlange Basima und gingen im Bach schwimmen oder sonnten sich in den königlichen Gärten.

Mittlerweile waren sich Selandia und Johann immer näher gekommen, bis mehr als deutlich war, dass sie einander liebten. Er hatte sie geküsst und ihr seine Liebe gestanden. Sie dachten keine Sekunde mehr an eine Flucht. Das Leben im Land der goldenen Zitronen erschien ihnen wie im Paradies. Manchmal fragte er sich, wie wohl alles weitergehen würde, aber bald verdrängte er die Gedanken wieder. Ungeduldig wartete er auf ein Zeichen vom König.

Endlich an einem wunderschönen Sonnentag ließ König Zarif Johann zu sich in den Thronsaal rufen. Johann staunte nicht schlecht, als er den König erblickte. Er war in den wenigen Wochen um Jahre gealtert und wirkte zerbrechlich und schutzbedürftig. Von seiner ursprünglichen Überheblichkeit war nichts mehr übrig geblieben.

Gefasst und mit leiser Stimme sprach er zu Johann: „Die Sünde des ungemäßigten Verlangens nach Speise und Trank hat meiner Tochter den Tod gebracht. Sie war schon immer vorwitzig und äußerst neugierig auf alles, was sie nicht kannte. Das hat ihr nun das Leben gekostet. Dein schlauer Rabe hat uns vor weiteren Todesfällen bewahrt. Auch ich wollte von der Beere naschen. Er hat mir das Leben gerettet. Ich stehe tief in deiner Schuld.

Da meine geliebte Tochter tot ist, hat sich die Situation für dich verändert“, fuhr er fort. „Die Ernte der reifen Zipfelbeeren kann jetzt beginnen. Im ganzen Land wird sich herumsprechen, welcher Erfolg mir geglückt ist. Aber Reichtum bedeutet mir nichts mehr.

Du hast nun drei Wünsche frei, die ich dir erfüllen werde, überlege also gut, was du dir von Herzen wünscht. Ich gebe dir drei Tage Zeit zum Nachdenken“. Er machte eine wedelnde Handbewegung in Richtung Tür. „Lass mich jetzt allein“, sprach König Zarif mit matter Stimme.

Johann wusste nicht recht, ob er dem König trauen sollte, aber nach dem Tod von Prinzessin Miranda schien er wirklich ein anderer Mensch geworden zu sein. Seine Gesichtszüge waren nicht mehr grausam, er war sanft und höflich gegen jedermann.

Johann zog sich in seine Kammer zurück, um die Lage mit Kolko zu besprechen. Sie überlegten hin und her. Ihre Fantasie kannte keine Grenzen. Nach drei Tagen reiflicher Überlegung stand für Johann die Wahl seiner Wünsche fest. König Zarif erwartete ihn schon voller Ungeduld im Thronsaal.

„Ich bin gespannt, was du dir überlegt hast, nun trage mir deine drei Wünsche vor“, sagte der König ungeduldig. Er neigte seine mächtige Krone und schaute erwartungsvoll auf ihn herab. Johann räusperte sich kurz und holte tief Luft. Dann blickte er ihm direkt in die Augen und sagte mit fester Stimme:

„Mein erster Wunsch:

Ich bitte um Erlaubnis zur Heirat mit Selandia. Das ganze Volk soll dazu eingeladen und fürstlich bewirtet werden. Auf dem Schlossgelände soll ein Riesenvolksfest stattfinden.

Mein zweiter Wunsch:

Ich bitte um ein gutes Stück Land mit Haus in der Gegend deines Reiches. Dort möchte ich mit Selandia in Frieden leben und eine große Familie gründen.

Mein dritter Wunsch:

Ich möchte in Zukunft eine gute Behandlung für dein Volk und gerechte Steuerabgaben. Diebe und Gauner sollen natürlich weiterhin ihre gerechte Strafe erhalten. Aber niemand darf mehr in Hunger und Armut leben".

Unangenehmes Schweigen erfüllte den Saal. Minuten verstrichen, ohne dass ein Wort gesprochen wurde. Der König setzte sich auf seinen Thron und strich sich nachdenklich seinen langen Bart, dabei wiegte er den Kopf hin und her. Johann wartete gespannt auf seine Antwort.

Plötzlich stand er auf, streckte Johann die Hand entgegen und sagte ehrwürdig: „Ich mag dich wirklich gut leiden. Du bist ein gütiger Mensch, du bist klug und gerecht, du bist humorvoll und furchtlos, aber vor allen Dingen bist du noch sehr jung. Ich bin schon alt und habe viele Fehler in meinen Leben gemacht.

Ich erfülle dir deine Wünsche und habe noch eine Überraschung für dich, natürlich nur, wenn du auch einverstanden bist. Dabei griff er in seine Hosentasche, zog eine Kette mit einem kleinen goldenen Anhänger in Form einer Zipfelbeere hervor. Er hängte sie ihm um den Hals und sagte feierlich: „Ich ernenne dich hiermit zu meinem persönlichen Berater, vielleicht wirst du eines Tages der nächste König im Land der goldenen Zitronen sein. Ich lasse dir ein wunderschönes großes Landhaus bauen, wo du schalten und walten kannst, wie du möchtest, na was sagst du dazu?“ Er blickte Johann erwartungsvoll an. Johanns Augen glänzten vor Freude und er lachte vor Glück.

Doch dann wurde er stutzig und ein Schatten huschte über sein Gesicht. „Ich kann das alles gar nicht recht glauben. Ist das wirklich ernst gemeint“? fragte Johann misstrauisch. „Natürlich“, rief der König. „Mit Brief und Siegel bürge ich dafür, darauf kannst du Gift nehmen. „Oh“,…...stotterte der König erschrocken und schlug sich die Hand vor den Mund. „Angesichts der bedauerlichen Tatsache, dass meine Tochter sich unwissentlich vergiftet hat, war wohl meine Wortwahl jetzt etwas daneben“. Der König verfasste das Schriftstück, setzte sein Siegel darunter und übergab es Johann.

Johann sah sich genau an, ob alles auch so geschrieben stand, wie er es verlangt hatte. Er dankte dem König und versprach ihm, in allen Lagen behilflich zu sein. Plötzlich erhob sich König Zarif schwerfällig, nahm ihn in die Arme und drückte ihn fest an sich, so dass ihm die Luft wegblieb. Dabei stieß er mit seiner Eisenhand Johann unangenehm in den Rücken.

Als Johann das Schriftstück in der Tasche hatte, rannte er so schnell er konnte in den königlichen Garten, wo Selandia und Kolko ihn schon ungeduldig erwartet hatten und berichtete von den Neuigkeiten. Selandia fiel ihm stürmisch um den Hals und weinte vor Freude.

Plötzlich bekam sein Gesicht einen würdevollen Ausdruck und er richtete sein Wort an seinen Raben.

„Lieber Kolko, du sollst wissen, wie sehr ich deinen Einsatz, deine Klugheit und deinen Mut bewundere. Ohne deine Hilfe hätte ich es nie geschafft, die Reise und die Aufgaben zu bewältigen.“ Der Rabe rollte mit seinen schwarzen Kohlaugen und trällerte: „Sieht so aus, als hätte ich mir ein dickes Stück Apfelkuchen verdient“. Daraufhin lachten alle drei herzlich und wischten sich die Augen.

Mit dem neuen Erlass änderte sich das Königreich. Johann unterstützte den König als Berater, wo er nur konnte. Das Volk liebte Johann für seinen Einsatz und König Zarif wurde von nun an von den Bürgern verehrt und angebetet.

Die Bäume mit den überreifen Zipfelbeeren hatten inzwischen eine Höhe von zwei Metern erreicht. Die Beeren waren ebenfalls zu einer beachtlichen Größe angewachsen und die grünen Zipfel erstrahlten nun in einem satten Goldton. Der Geschmack der

Zipfelbeere war köstlich und einzigartig mit einer süßherben leicht pikanten Note. Bei der Ernte prasselten sie wie ein Goldregen auf den Boden herab. Mit vielen Helfern aus dem Dorf wurde die neue Beerensorte geerntet. Anschließend wurde sie auf den Marktplätzen des Landes verkauft oder zu Marmeladen, Säfte und Liköre weiterverarbeitet.

Das Königreich wurde von Tag zu Tag wohlhabender. Das Volk und der König waren glücklich und alle lebten friedlich zusammen. König Zarif vergrößerte seine Felder um weitere Erdlöcher für neue prächtige Zipfelbeerenbäume. Johann packte bei allen anfallenden Arbeiten im Schloss und Garten kräftig mit an. Das Leben im Land der goldenen Zitronen bereitete ihm und Kolko viel Freude. Auch Selandia war sehr glücklich.

Die Hochzeit

Ein Jahr später war der prächtige Bau des märchenhaften Herrenhauses für Selandia, Johann und Kolko vollendet. Es lag etwas außerhalb des Schlosses in einem zauberhaften Garten an einem kleinen See mit herrlichem Blick auf die entfernte Bergkette.

Einige Wochen nach dem Einzug in das neue Haus, feierte das ganze Königreich eine prunkvolle Hochzeit, die drei Tage und drei Nächte dauerte. Es war ein prächtiges Fest, man jubelte Johann und Selandia zu und wünschte Glück und Segen. Speis und Trank gab es in Hülle und Fülle. Der König hatte die beiden in sein Herz geschlossen und behandelte sie wie seine eigenen Kinder. Viele Jahre lebten sie glücklich und zufrieden im Land der goldenen Zitronen.

Dieses Buch wurde in Übereinstimmung mit den GPSR-Richtlinien der EU zur Sicherheit von Produkten erstellt.

Die Verordnung über die allgemeine Produktsicherheit ist der aktualisierte Rahmen der Europäischen Union, um sicherzustellen, dass alle Verbraucherprodukte, einschließlich Bücher, für Verbraucher sicher sind.

Dieses Buch wurde von Libri Plureos GmbH gedruckt. Der Drucker hat Sicherheitszertifikate für die verwendeten Materialien wie Tinte, Papier und Kleber ausgestellt.

Die Produktkennung ist: 9789463186384

Der Autor ist für den Inhalt des Buches verantwortlich und hat das Buch von Bookmundo produzieren lassen.

Sollten Sie Fragen zur Sicherheit des Produkts haben, kontaktieren Sie uns bitte.

Bookmundo
Delftsestraat 33
3013AE Rotterdam
Die Niederlande
info@bookmundo.com